MW01482053

# Les bottes
# à grande vitesse

Une histoire écrite par Évelyne Reberg
illustrée par Giuliano Ferri

LES BELLES
HISTOIRES
BAYARD POCHE

Il était une fois un ogre tellement énorme
qu'on l'appelait Gros-Tonneau.
Ce méchant patapouf vivait très loin,
au milieu des lacs et des forêts.

Dans le village de Saint-Gigot,
quand les gens le voyaient approcher,
ils criaient : – Au secours ! Voilà Gros-Tonneau !
Mais ils n'avaient pas le temps de se sauver,
car l'ogre possédait des bottes à grande vitesse,
si bien qu'en trois bonds – hop-hop-hop ! –
il était déjà là.
Et de ses énormes mains
il attrapait une poignée de gens
qu'il ramenait chez lui
pour les manger en sandwich.

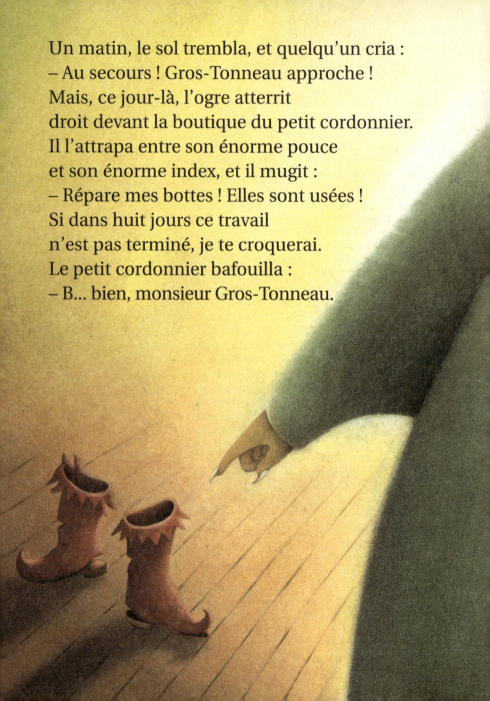

Un matin, le sol trembla, et quelqu'un cria :
– Au secours ! Gros-Tonneau approche !
Mais, ce jour-là, l'ogre atterrit
droit devant la boutique du petit cordonnier.
Il l'attrapa entre son énorme pouce
et son énorme index, et il mugit :
– Répare mes bottes ! Elles sont usées !
Si dans huit jours ce travail
n'est pas terminé, je te croquerai.
Le petit cordonnier bafouilla :
– B... bien, monsieur Gros-Tonneau.

L'ogre repartit en chaussettes.
Déjà, les habitants de Saint-Gigot
suppliaient le cordonnier : – S'il te plaît,
cordonnier, enlève à ces bottes leur pouvoir !
Alors que le cordonnier se creusait la tête
pour savoir quoi leur répondre, le téléphone sonna.
C'étaient les nains Scrogneugneu qui appelaient :
– On est tombés dans la bouse de vache ! criaient-ils.
Nos chaussures sont fichues.
Viens nous en faire d'autres, et vite !
Le cordonnier soupira : – Crotte et double crotte !
J'ai de gros soucis aujourd'hui.
Et puis son visage s'éclaira : – Après tout,
les Scrogneugneu ne tombent pas si mal que ça...

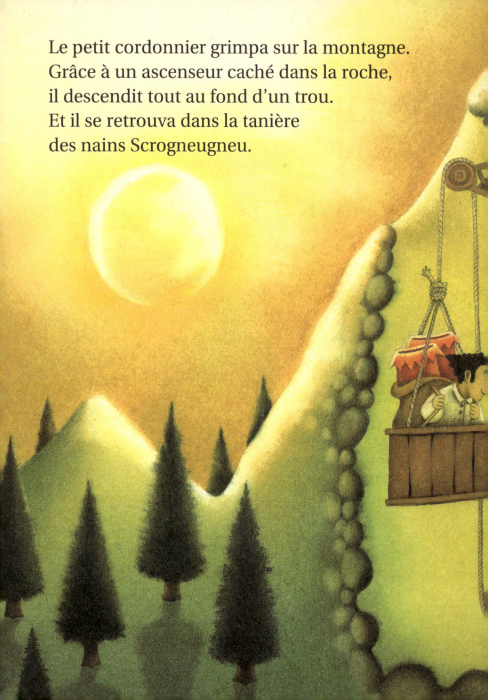

Le petit cordonnier grimpa sur la montagne.
Grâce à un ascenseur caché dans la roche,
il descendit tout au fond d'un trou.
Et il se retrouva dans la tanière
des nains Scrogneugneu.

Les nains s'écrièrent : – Te voilà enfin !
Tu n'es pas en avance ! Allez, dépêche-toi !
Mais dans cette tanière
il n'y avait rien pour faire des chaussures.
Alors, le petit cordonnier
prit de la moustache de rat pour le fil,
de la peau de serpent pour le cuir,
et de la queue de souris pour les lacets.
Quel travail ! Il se piqua vingt fois les doigts,
mais il était si habile qu'il parvint à faire
sept robustes paires de chaussures de nain.

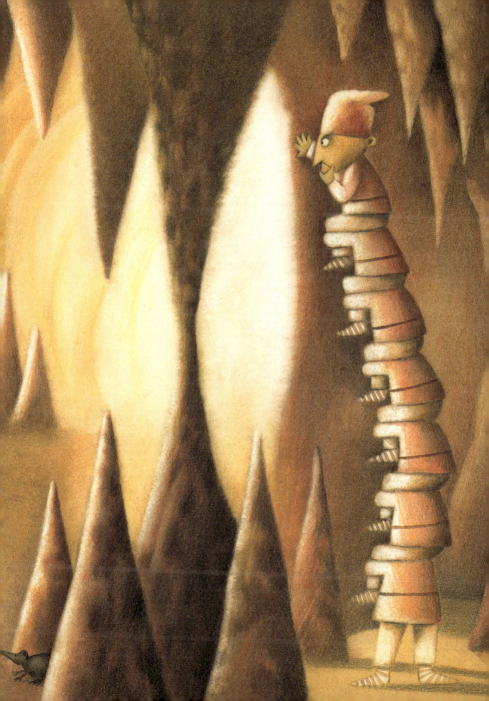

Quand ils virent leurs beaux souliers neufs,
les Scrogneugneu furent épatés.
Ils demandèrent au cordonnier :
– Et toi, tu veux quelque chose ?
L'air de rien, le cordonnier dit :
– Oh... j'aimerais bien
que vous me rendiez un petit service.
Et il sortit de son sac les bottes de l'ogre.
– Pourriez-vous jeter un sort
à ces grandes bottes ?
– Bien sûr ! firent les nains,
tu vas voir...

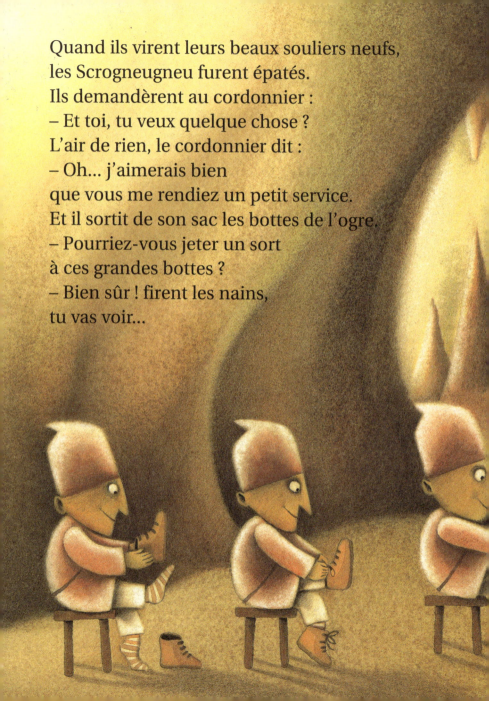

Le lendemain, l'ogre en chaussettes
revint chercher ses bottes
que le petit cordonnier avait réparées.
Il les enfila et il brailla : – Allez, mes bottes,
bondissez et ramenez-moi chez moi !
Mais au lieu de trois bonds, comme d'habitude,
les bottes en firent sept :
hop-hop-hop-hop-hop-hop-hop !
L'ogre hurlait : – Stop ! Halte ! Du calme !
Ça suffit, les bottes ! Couchées ! Dodo !

L'ogre avait beau ordonner à ses bottes
de se calmer, elles n'obéissaient pas !
Et elles l'entraînèrent loin, très loin...
en plein milieu de la mer du bout du monde,
où l'ogre fit « plouf ! » sur son gros derrière.
Quand les gens de Saint-Gigot l'apprirent,
ils sautèrent de joie.

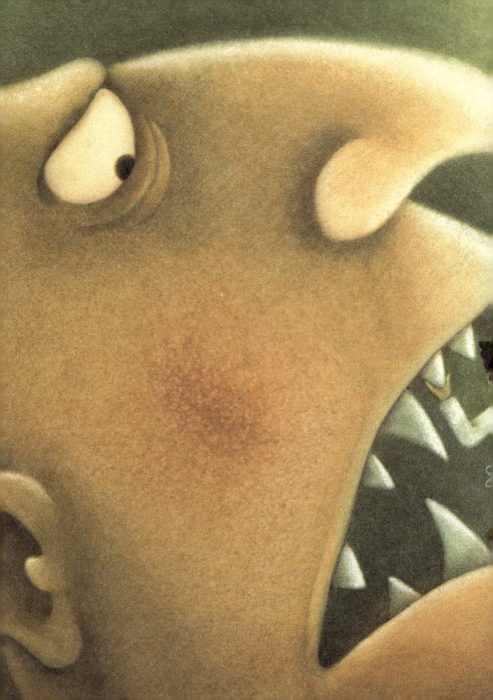

Hélas ! Quelques jours plus tard,
l'ogre revint au village et, cette fois,
il était si furieux qu'il n'était pas loin d'exploser.
Il enfourna le petit cordonnier dans sa bouche d'ogre.
Coincé entre deux dents, le cordonnier s'écria :
– Attention, monsieur Gros-Tonneau, si tu me manges,
je ne pourrai plus rien pour tes bottes !
– Tiens, c'est vrai, dit l'ogre
en recrachant le cordonnier.
Bon, je te laisse encore une chance !
Mais, si mes bottes me jouent un nouveau tour,
je te préviens, je t'avalerai tout cru !
Et plusieurs fois de suite.

Pauvre petit cordonnier !
Resté seul, il contemplait les deux terribles bottes
quand, tout à coup, le téléphone sonna.
C'étaient encore les Scrogneugneu qui réclamaient :
– L'autre nuit, on s'est perdus !
On veut des chaussures lumineuses !
Reviens, et vite !
Le visage du petit cordonnier s'éclaira :
– Décidément, les Scrogneugneu
ne tombent pas si mal que ça...

Oh là là ! Assis dans la tanière des nains,
le petit cordonnier transpirait comme une fontaine.
Les nains n'arrêtaient pas de lui donner des ordres :
– Fais-nous des semelles brillantes !
Des lumières devant ! Derrière !
Colle des autocollants phosphorescents !
Le cordonnier fit des semelles en lucioles,
de petits phares en vers luisants.
Les nains le regardaient faire,
bras croisés, sourcils froncés.

Quand ce fut terminé, les nains eurent beau
examiner le dessus, le dessous des souliers,
ils ne trouvèrent rien à leur reprocher.
– Ça alors ! s'exclamèrent-ils.
C'est super ! Et toi, tu veux quelque chose ?
Alors le cordonnier montra
les bottes de l'ogre, et il dit :

– Un autre petit sort, s'il vous plaît,
mais plus... euh... moins... euh...
Votre premier sort n'était pas assez fort.
Les nains, furieux, hurlèrent :
– Hein ? Tu oses nous faire des reproches ?
Tu nous prends pour des sous-nains ?
Eh bien, tu vas voir...

Quand l'ogre revint au village,
il enfila ses bottes et il rugit :
– Allez, mes bottes, bondissez
et ramenez-moi chez moi !
Les bottes lui obéirent.
    Mais, au lieu de bondir en avant,
    elles bondirent en l'air !
Hop-hop-hop-hop-hop-hop-hop !
L'ogre hurlait :
– Au secours ! Stop ! Descendez ! Arrière !
J'ai le vertige ! En bas, je vous dis !

Mais les bottes n'obéirent pas,
Et elles sautèrent de nuage en nuage.

Et c'est ainsi que l'ogre disparut pour toujours.
Le cordonnier fut porté en triomphe par les villageois
Depuis ce temps-là, à Saint-Gigot,
on danse, on danse même si souvent
que le village a pris le nom de Saint-Gigote.
Mais, parfois, là-haut dans le ciel,
on entend rugir l'ogre en colère.
Et ce cri de Gros-Tonneau,
vous savez comment on l'appelle ?
On l'appelle le tonnerre.

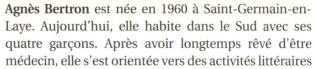

**Agnès Bertron** est née en 1960 à Saint-Germain-en-Laye. Aujourd'hui, elle habite dans le Sud avec ses quatre garçons. Après avoir longtemps rêvé d'être médecin, elle s'est orientée vers des activités littéraires et artistiques. Elle aime écrire et interpréter des spectacles pour enfants. Mais ce qu'elle adore avant tout, c'est s'occuper de sa famille.

Du même auteur dans Bayard Poche :
*La marmaille de la reine - Mousse et Toupet vont à l'école - Flora part à Pékin* (Les belles histoires)
*Le jardin de la sorcière* (J'aime lire)

**Giuliano Ferri** est né à Pesaro, en Italie, en 1965. Il a suivi les cours de l'Institut d'art d'Urbino et, depuis, il illustre de nombreux ouvrages en Italie, au Royaume-Uni, en Corée, à Taiwan. En France sont parus *L'arche de Noé* (Père Castor Flammarion), *Le pommier du roi* (Éditions Nord-Sud) et *Petit Bouddha*, chez Bayard Éditions Jeunesse.

© 2005, Bayard Éditions Jeunesse
© 2002, magazine *Les Belles Histoires*
Tous les droits réservés. Reproduction, même partielle, interdite
Dépôt légal : mai 2005
Loi du 16 juillet 1949 sur les publications destinées à la jeunesse

Achevé d'imprimer en janvier 2005

Imprimé en Italie